# 你比时间具体

曹韵 著

在人生的虚无里，
愿你比时间具体。

南京出版传媒集团 南京出版社

**图书在版编目（CIP）数据**

你比时间具体 / 曹韵著 . -- 南京 : 南京出版社，
2024.5

ISBN 978-7-5533-4735-6

Ⅰ .①你… Ⅱ .①曹… Ⅲ .①诗集－中国－当代
Ⅳ .① I227

中国国家版本馆 CIP 数据核字（2024）第 074510 号

书　　　名：你比时间具体
作　　　者：曹韵
出 版 发 行：南京出版传媒集团
　　　　　　南 京 出 版 社
　　社址：南京市太平门街 53 号　　　　邮编：210016
　　网址：http://www.njcbs.cn　　　　电子信箱：njcbs1988@163.com
　　联系电话：025-83283893、83283864（营销）　025-83112257（编务）

出 版 人：项晓宁
出 品 人：卢海鸣
策划编辑：陆　萱
责任编辑：包敬静
装帧设计：张　淼
题　　字：王丫丫 Miraitowa
插画设计：阿竹 uzoo
责任印制：杨福彬

排　　版：南京新华丰制版有限公司
印　　刷：南京爱德印刷有限公司
开　　本：889 毫米 × 1194 毫米　　 1/32
印　　张：8.25
字　　数：158 千
版　　次：2024 年 5 月第 1 版
印　　次：2024 年 5 月第 2 次印刷
书　　号：ISBN 978-7-5533-4735-6
定　　价：56.00 元

用微信或京东
APP 扫码购书

用淘宝APP
扫码购书

# 回眸之思

黄梵

诗人、小说家，出版《第十一诫》《月亮已失眠》《意象的帝国》《人性的博物馆》等。

百年新诗的传统，尚不足以定义新诗，它具有的魅惑力，恰恰就在，它能超出预料。现代主义，这一让诗人感到自豪的遗产，它扮演晦涩难懂的角色，已经太久，以致任何尚未写出的晦涩，也在预料之中。曹韵选择了另一条诗路，他只是假装跟读者"躲迷藏"，他说"躲进柜子中／我没有藏住"（《迷藏》），而他真正在乎"童年／藏住了"（《迷藏》），这恰恰是里尔克说的经验。我以为，把现代诗引向直觉、生命、经验，于当下精神破碎的人类，至关重要。读者在修辞中已经分心太久，是时候回到诗的初心了，即祈盼诗给予新的感知。我把余秀华、陈年喜、王计兵、曹韵、惊竹娇等诗人的努力，视为清除感知障碍的努力，与另一路建立感知障碍的努力，截然相反。正如曹韵担忧的，"过分深刻，未尝不是过分假"（《诗歌和爱情》）。当然，清除障碍也面临语言只是传声筒、工具的风险，容易低估语言要自主的诗性。所以，他们找到的平衡点因人而异，除了得到灵魂之助，也受到观念侵扰。就如曹韵所说，"一些美的事物，不敢美／抒情好似一桩低俗的罪孽"（《诗歌和爱情》）。确实，清除感知障碍，似乎已成现代诗的一桩罪。

当有人用类型诗歌谈论这种努力时，我想，其用意是为了建立等级，或一道隔墙，将现代诗置于他们给出的定义中。但他们忽略了这些诗人的精神内核，其实这些诗人，皆拥有现代诗的心灵，同样受困于现代性的进退维谷。比如，曹韵一边感叹，因自己的清清白白，令"年轻和自由这两桩事物／原来这般天造地设／又这般有缘无分"（《自由与年轻》），一边又自省，"每当我说爱你时／我是一颗坏掉的水果／只敢给你，不曾坏掉的半颗"（《一半的我》）。可以说，来自生命悖论的这类冲撞，成全了曹韵的诗。就连已被人谈烂的代沟，曹韵也发现了用来填平的更大共同体，"不在于科技，或者文明""时代在每个人的身体里／你是好坏的一票／更是时代的注脚"（《时代的注脚》），这等于放弃年轻的部分特权，来担起时代给予的宿命。有时，年轻给他的冲力，与将世界的真相挖出，又互为障碍，他对自己爱莫能助，只能眼睁睁成为自己的旁观者，"人生处处都是我的／最后一根稻草"（《最后一根稻草》），"丢了工作，不哭""失魂落魄，不哭""一生，也是如此""注定的，狂风大作，雨""注定的，落"（《雨落了下来》）。

当然，他也感到年轻带来的轻松，那些没有的把握，无法占据确定的未来，倒让他有视死如归的蛮力，"你要在炼狱中杀出一条逶路""你毕业了，世界开始——／准备生生受领／你这样一颗好胆"（《你毕业了》），"关于年轻，只有一种准则／请你翻阅我，但切勿指正"（《请你翻阅我》）。曹韵的诗吸引我的，恰在于不是单向的勇气，他时时刻刻知道"锁链"在哪里，知道苦乐一体的悖论，于人的不可摆脱，甚至不可或缺。"不想工作，多希望在人间走着／就成一首诗，可是／就这么走着，活着／就是我在人间最沉重的工作"（《在人间》），"一生是，长久地忍受生命／短暂地享受死亡"（《一生长久地忍受生命》）。我欣喜于他的悲苦之心，不来自自怜自哀，而来自对他人人生的重新"发现"，"人老了，风也惨惨""他人的热闹，与自己无关"（《寡居的老人》），写父亲在灵堂为何不哭，"冷硬的骨头，铁石的心肠，活着的胆量／在最悲痛之处，不带一声哭喊／为生活二字。继续服丧"（《服丧》）。这里面就含着顾随说的"返照功夫"，就是自省，由人及己，再推己及人，经此一轮回，曹韵就跃出了"年轻"领地，将自己放入"大我"。他把诗中的母亲、父亲、爷爷、奶奶，置于新的象征，来拨乱反正，"一个勤于劳作的女人／命运却称其为苦难的妇女／这是我极其反对的""妈妈，就是妈妈／不因悲苦，不因伟大"（《光阴谣》）。诗里的"妈妈"，何尝不是其他人的妈妈？

年轻性也是曹韵诗歌的标识之一，正如他用作脚注的那句话："在故乡的离弦上，却总有一趟，忠于年轻的远航。"年轻里总是藏着远方，诗人便成了故乡与远方之间的那道界线，也是旧与新、过去与未来、传统与现代的界线，这样故乡与乡愁也就搭伙成悖论。我欣慰类似的共同经验，几乎每一代都会复现。二十年前，当我写"家乡仿佛就是我自己"时，我是把找到的远方，与故乡合二为一。曹韵既把自己视为曾搭在故乡弦上的，一支离弦之箭，"年轻人／与故乡一刀两断／断痕处，是学业，工作，婚姻"（《与故乡一刀两断》），又把故乡安放在可以带走的体内，"故乡，就蜗居在人的身体里"（《故乡微缩》）。曹韵的诗和我的诗，又何尝不是在复现苏轼的"此心安处是吾乡"？年轻性还意味，跨越前辈经验的可能，年轻记性对历史的暂时"遗忘"，会带来创造的蛮力，待中年得到"想起"历史的恩赐，开始涸泽而渔时，除了克服过度的主观冲动，那股蛮力也消失无踪。曹韵的年龄令他恰逢其时，可以行进在蛮力与克制的边界，主观与客观的边界，供他创造出好诗。我以为，《在那个小村庄里》是曹韵写出的好诗之一。与顾城让孩子用幻想装下宇宙不同，曹韵让孩子的眼睛，用懵懂装下人生和宇宙，这是通过回眸，给孩子装上的一双新眼。

只是旁观着，也只能旁观着

他人的脸上，日子明灭，方言复杂

一生就好似，眼睛一眨

**2024 年 1 月 19 日成稿于南京江宁**

# 目 录

## 辑一　躲进童年里面

# 辑二　青春是疲惫的陀螺

# 辑三　孤独是你长久的朋友

# 辑四　偷诗歌的人

# 辑五　这人间谈不上好坏

# 辑六　在故乡的离弦上

而我总是想起你
你比宇宙璀璨
你比时间具体

在不被生活

　庇佑的人间

我常常 **辑一**　躲进童年里面

　　躲在童年里面

## 那是很久以前

那是很久以前

午睡后，太阳还要很久才会落山

我守着年轻的一切没有去处

整个下午，全都是蓝色的

空旷，永远漫长

日子里有野鸟在飞

老旧的摆钟

有如梦马奔袭，不知疲惫

就这么来来回回，来来，回回

孩子们踏上了旅程

掉入生活之中，无路进也无路退

长大，是一去不回

# 我只是我

只有小的时候

指着山，群青就是我的

指着春天，季节就是我的

指着星星，宇宙就是我的

像是和神在进行着

点兵点将的游戏

点向哪里，哪里就有神的旨意

或者每个孩子，本就是神灵

直到长大以后

我指着这个世界

才发现一个孩子的权柄

已被褫夺

我，只是我

# 迷藏

躲迷藏

躲进柜子中

我没有藏住

童年

藏住了

你比时间美丽

# 童年小立

时间很慢

草很柔软，天很蓝

大人们都在劳作

孩子们撒谎，放学晚

忙碌了一整天的村庄

炊烟升起了月亮

晚饭后的门前

夏夜追凉

奶奶用一把摇扇，赶啊赶

终于赶走了，夏一半

吃小孩的恐怖故事

似乎总讲不完

蛙声虫鸣，月还未满

睡梦中不记得

捉了几只蝉

## 孤独的孩子

有好几年的时光什么都比我高

大人，日子，围墙

篱笆上的月光

也有试图矮下身来的

譬如太阳，矮下来成为落日

但也只是矮到山那里，就半途而废

譬如父母，矮下来成为宠溺

但也只是矮到偶然那里

就高回家里忙碌的脊梁

我不要学他们

所以常常一个人蹲下来

和矮一些的朋友，谈心

有时候是小草

有时候是石头

更多的时候，是蚂蚁

后来终于长大了一些

也依然如此

我始终担忧着

你比时间具体

他们蹲下来的时候

没有比他们

更矮小的存在了

# 从童年起

从童年起
一些美好的日子
流光瞬息
恍惚如神的抚摸
不可寻捉
不可躲

在时间的崖壁前
它垂首端坐着
抚我顶礼的蹙额

你比时间更具体

# 为学（组诗）

## 草书

1997 年初秋，入学的第一堂课
是锄尽学校的荒草，剪去光阴谣
一个孩子，读到的第一个字
是岁月里，草书的生死

## 读史

历史厚不过一本书
薄不过人情世故
一生长不过史书中的一个姓名
短不过一声叹息
一万页的历史，也仅仅是
反复书写人性这一件事
一节战火纷飞的历史课堂
我歌舞升平地这么想

## 羽毛

不能飞的日子里
翅膀是靠幻想生出来的
只是为学尚早
我的翅，还在渐渐
插上羽毛


## 赶考

课文里，一位书生
落榜后，写了一首赋菊
另一位老人，中了举，却失了疯
那时年纪小，还以为
现代人不赶考，只读书
只按自己的想法一生虚度


## 算钱

有一年丰收，不识字的奶奶
担着两筐新藕，去隔壁村售卖
下了数学课的我，赶去帮忙算钱

算得又快，又准，又讨人喜欢
许多年以后我才懂得
一代人的劳作，被另一代人收获


## 识字

从诗歌里，一个孩子悟出
在相机没有被发明之前
人类用文字拍照
我躲在镜头后
已是多年的丰收

# 从天真出发

想必小时候太矮了

只够得着一些简单的事物

比如草色青青

落日和浮云

我们整日奔忙

什么都不为

欢畅就在心中升起

又落下

无数个夜晚

只是走在乡间的小路上

我便是寂静的月色中

最欢欣的鸣唱

光阴如雾水退散

长高了以后，够着的

是高高在上的人间

是无趣的复杂

使我哑口无言的是

我曾从天真出发

# 小憩的花园

童年时，孩子们成日无所事事

竟无意在神的指引下

构建了一座花园

供成年后的某个瞬间

以及暮年

小憩

# 只是做着些什么

想起一生这个庞然大物

年轻时不知要做些什么

如今依旧是不知道

只是猫在踱步，河水在流

高山上，风搬运着整个宇宙

我问过他们一生何如

也问妖怪，问神仙

问我要活多少年

活些什么内容与远见

而他们始终似答非答

只是做着些什么

只是长久地

做着些什么

你比时间具体

## 我永远完整

他说走吧

去有烦恼的大人世界

没有什么值得告别的

曾经而已

我不会忘记

尔后余年

日子是人间的碎片

捡一片

掉一片

我，永远完整

## 谁演奏风铃

最早的一把乐器，风铃
就挂在比童年高一点的地方

最初的乐曲
是风，季节，以及神的合奏
当然还有更多的内容
只是对于一个孩子而言
宇宙如此贫乏

最迷幻的演奏
时间，像从来无声
毕竟还是一个年轻的人

最轻盈的尾奏
是妈妈轻轻推开门
看孩子
是否睡得安稳

# 乌鸦喝水

关于一生之渴

我拥有半瓶水这件事

童年填了几颗碎石

之后是沙子，雨水

掉落的时光

拼拼凑凑才将人生的水位

满上

而一生辛劳

死亡是满饮之事

# 在那个小村庄里

在那个小村庄里
宇宙的定义
大不过一座山

一个孩子，捕捉着四季流转
叶子春，季雨夏，果实秋
雪，而后为溪流
在这个什么都比童年高
比生命矮的年纪里
一开始，也就只装得下这些

一些活着的景象
流动的贩夫，豢养的走兽……
香火的神明，邻居的丧事……
那时都是装不下的

只是旁观着，也只能旁观着
他人的脸上，日子明灭，方言复杂
一生就好似，眼睛一眨

# 纸飞机

将童年折叠，再折叠
然后登上一架，纸飞机
模拟一次低空飞行
以为会是一只鸟
必然有一个乘风的未来
然而坠落，寂静无声
来不及飞的孩子
学会的第一道伤痕
是脚踏实地
是人生的陷阱
只许步行

# 九又四分之三站台

在学校门前

完成了第一次与父亲的告别

那时不知

转身走入的是

九又四分之三站台

火车快开，火车快开

从此我活在了

父亲和故乡的世界之外

# 不归路

身体所能抵达之处

总是小小的两脚之地

无非是站在家乡

或是站在路上

小不过一个地名

大不过一个向往

父母用他们的经历试图教我

火车，汽车，带走的他们

和带走的行李没有什么分别

要么遗失他乡，要么用旧了以后

磨损成归乡的行囊

只有读书，才能真正走上一条不归路

而没有读书，就只能讲出不归路

这么惨烈的远方

## 出发，到更广阔的世界

从乡村出发，到城里去

以为那就是世界

可是城里人，出发的世界

又该是哪座城

向远处望，宇宙太遥远了

旷古的星群

也只有眼睛可以触及

群鸟，也不过是笑百步的梁惠帝

于是不知该走向哪里

孩子时，他们说去书里

去苦难里，去鹰的羽翅里

唯独不要留在乡村，留在县城

那时这里有一个别称

属于没有出息的，过时的人

你比时间具体

# 童年告终

像往常一样，这个下午
我毁坏了许多植物
没有同伙，一个人作案
是的，再没有比这更快乐的事了
也不会比现在更为自由
但也就到今天为止

我开始，不敢碰稻子了
粮食是一个国家的信仰
是一个劳动人民的性命，是最大的尊严
这个道理已经被父亲
用一根在我手上死过很多回的植物
一鞭鞭，一条条，抽进了我的身体里

倘若顺从于课本中的良知
或顺从因果、道德、律法
顺从于万物的尺度
我早已是该死之人

只是，童年替我抵了命
于是我，开始变得年轻


于是童年告终，一个孩子
得到了众生的宽恕
也即将遭逢世事的羞辱
像稻谷被碾去青涩而金黄的谷壳
赤身裸体，像日子一样清清白白
然后跳入，烟雾缭绕的人间
熬煮一年，两年，有生之年

你比时间具体

青春，
像极了一只小小的陀螺
转得再怎么欢乐
碰一下，也就倒了

**辑二**　青春是疲惫的陀螺

## 迷人的未知

使你觉得青春美好的

并非那几件小事

而是已知的你

一切都在走向未知

站在过去和未来的中间

像一只飞光不覆的羽雁

不落脚，即有寒风

也向翅求饶

而此刻

此刻我风华正茂

轻于鸿毛

但从不觉得悲伤

总认为以我之名的来日

还有好多故事可讲

你比时间具体

# 如是得之

在往事里面步行
一些惊人的美和细节
得以昭雪

年轻时我格外苍老
如今小规模地风华正茂

在往事里面踱步
一些晨钟敲响暮鼓
终得开悟

年轻时没有听命于自己
如今我听命于年轻

# 一个人正当年轻

我想扛着日落

在地球的表面上飞驰

有如季风从太平洋之上过境

而我不顾一切地，只顾着奔跑

在夕阳下，在昏鸦的脚下

奔跑，忘记自己是人类

也不用回想，就客观地年轻着

年轻，常常意味着一无所有

却也意味着，什么都不需要拥有

全宇宙，没有任何事物或者心情

配得上一个人正当年轻

无须郑重其事，无须小心

就在夜幕收割平原之前

转身，跳入海中

去搏击，去挣扎，去迷失方向

有一天爬上岸，如果侥幸未死

也算作是一首诗中，浪声满袖的人 [1]

---

1.尾句所说的一首诗是杨牧先生《山上的假期》："我来自东方，浪声满袖。"

# 十八岁出门远行

童年在故乡的门前
送十八岁远行
没有仪式
没有送行的酒
好风，好月，矮小的村庄
我只背走了，一些幻想

## 爆裂的青春

是一列火车，开往旷野
但我想，我不是乘车人
不愿规规矩矩地，上车，下车
接受车窗边，一位旁观者的身份

是一列火车，旅程有限
我应当是，迎头的莽撞
像一阵风，粉碎在
另一阵风当中

是一列火车，游响停云
以免往后的旅程
是耸峙的山，是远的旷野
在此之前，我是爆裂

# 时代的注脚

不在于科技，或者文明
不在于任何外在的事物
时代在每个人的身体里
你是好坏的一票
更是时代的注脚

# 如果不青春

仅仅青春是不够的

还要连绵不绝的回响

趁着夏季漫长

采收足够的雨水

等到你音讯全无

我开始想你

还是住在湖边

看住每日的波光粼粼

免得露水易晞，流光易移

余生我应当温润，应当虔诚

像风吻着手风琴

我吻着青春的背影

在渐远渐念的人间

如果不青春

夏天就显得有些残忍

而我，不愿面目可憎

# 找零

那段几乎想要付尽性命的年纪

人生没有照单全收

只收下了青春

找零了一个皱皱巴巴的成年人

买不起清风明月

买不到自由之身

只敢为了生活

将找零的自己

省着花

## 意味深长的遐想

衣服脱下了我

嗓音脱下了我

学校脱下了我

故乡脱下了我

此刻我有如一桩陈旧的事物

日新月异地新生着，赤裸着，一无所有着


谈起变化，时光笑而不答

日子也多是，辞不达意


依旧是那个问题

我，应该老成什么形状

才足以铸成一把宁鸣不默的刀

一直到我离开人群

都拒绝被命运握紧


在各种悲喜交集处

我等待一切未来的新装

将我穿上

合身，合理，或不合时宜

都算作一场

意味深长的遐想

## 如今你什么话都不说

从前惯常是热闹的
一大片声色犬马的青春
宣告宇宙的恋爱
热气腾腾的年岁
声势浩大的迷茫
哀嚎的夜晚，嘈杂的航班
一转折碰倒一只酒瓶
丁丁零零一片寂静

如今你什么话都不说
和这个世界互相冷落

# 自由与年轻

谈及青春，我罪孽深重
我的罪过是，清清白白
没有犯下什么，像样的过错
我是他人回想青春时
不被提及的部分

在不被提及的部分里
一定有人像我一样
寂寥地望向狂欢
渴望拥抱
即便一个短瞬

年轻与自由这两样事物
原来这般天造地设
又这般有缘无分

## 青春的感受

换了衣服，起身
恍惚着离开熟悉的建筑
一直到走了很久
却恍然不知
门关好了没有

## 无事可讲

不要期待了
这里没有什么故事可讲
我和生活之间清清白白
什么也没有发生
我只是背着敏感而又妄自尊大的年纪
走在宇宙之中
又老了几岁

# 就逃出时间

我看见雾水一般的鸟群飞过
错以为时间在逃
在青春小小的侧面
她装起第一支口红
他藏了第一支烟
日子打磨着一支冷箭

年轻人
时间很快会追上我们
现在是逃亡的旅程
路上有危险

你比时间具体

## 青春的响动

你的身影从我眼前

小跑而过

流动的时间静止

静止的时间流动

在宇宙的悖论中

你我寂静无声

完成了青春的响动

过后是

漫长的耳鸣

## 有关痛痒

年轻时以为青春是一生的心脏

过后发觉只是一阵奇痒

病症，多年后方显

常发作于酒后，睡前，夏天

溯源病因一般回想

最早接触的爱情

最初心碎的声音

只记起了一件事

那些年，没有太阳的日子

我因你而脸红

# 你的名字

应该有一间教室，午后
阳光停落在所有的事物上
如同我的眼神，鲜活，明亮
唯有在你的眉眼停泊时
像归来的船只，熄灭了晨光
我提起笔，提起
初夏时节果实青涩的味道
在纸上，写你的名字
原来暗恋的声音，沙沙作响

风，从佛经的一个典故里吹起
吹起书页的声音
像是在轻轻念着你的名姓
在我的耳边，在宇宙的心脏
在所有风能去到的地方
都有你的名字，轻轻响
可是，那时你不懂
非是风动

年华惶惶，岁月汤汤

一辆绿色的火车

开往世事无常

我的青春，结束在一个

枪声大作的靶场

许多年后，一个恍惚的下午

轻柔的风，掠过我的耳畔

你的名字再次响起

已是经年忽然

## 沉迷于稳妥的味道

小草断裂的味道

沉稳的木质被一把锯分割

柴油的尾气霸占整个夏天

松油墨中寄居着花草

阳光下晕晕沉沉的被子

时间被旧屋囚禁之巧妙

火柴的最后一点光燃烧殆尽

在亚热带雨后的，蓝色的，闷热的夏日

不知爱意来时

也是如此令人沉迷的味道

## 写诗和爱你

爱是注意力不集中

比如在学习写作时
一个前辈告诉我
写诗最难的事
是克制

我想了很久
只觉得
爱也是

你比时间具体

# 甜美的书写

第一张给出去的毕业册

留在最后一张收回

在夏季的尾声

只等了漫山遍野的片刻

久久地采撷雨树上结满的浆果

像剥橘一般期许

想象中甜美的书写

可青春越甜美

遗憾越有罪

为什么爱着谁时

总会从胃里涌出一些往事

像事与愿违这个词

那时，她只写了祝我明亮

却不知有种心情

似冷却的斜阳

## 请你翻阅我

靠着书籍，电影和唱片

我常年居住于年轻人的精神层面

或者此时我没有认清

是年轻人的精神层面居住于我

看看年轻人都在读些什么

也看看读些什么

能让人永远年轻


我们过去都有诗歌

但未来难以预测


趁现在吧，在他们还能思考

还像一只晨初的驯鹿

任其所是地野蛮生长

这世界的牢笼与枷锁

本不该为年轻人打造


不要再用过时的哲学和经验

你比时间具体

折磨年轻人了

他们足以书写未来

此时，你应当翻阅历史，时代，宇宙

也被宇宙，时代和历史翻阅


请全世界的声音来守持

关于年轻，只有一种准则

请你翻阅我，但切勿指正

# 年轻的船长

在图书馆里，查询一本书

像查询一趟航班

有时是在靠窗的座位

有时是一个角落

开始远的旅行，近的狂欢

更多的时候

你坐上了一趟

星际迷航的飞船

从开始阅读的第一个字眼

你穿行宇宙亿万光年

于是不再归来

年轻的船长

请至死远航

请，至死远航

# 草草不了事

在被一把利刃

削下头颅时

一根青草的胆汁

是健康的绿

一片草地的血液

是生命的香

活着，要有最新鲜的热望

和最甜美的死亡

## 成片之选

眼睛按下快门时
没有废片
只是心中暗房
不肯什么都冲洗
只烙印，成片
日子里一些闪光的瞬间

你比时间具体

# 世界的大部分都已经睡去了

世界的大部分都已经睡去了
日落睡进了幽暗的山中
城市睡在了灯火深处
秋霜眠于船与树的梢头
在寂静无声的夜晚
昏睡的青春中，我醒着
任由心中的孤独群星闪烁
很多个夜晚，我不是我
我的身体，独成一座银河
是宇宙的角落

# 于是

一些事情总有反面可以看

于是

毕业证看起来像是一张清退单

你收拾好一切

唯独收拾不好青春

毕竟它已经日久年深的

在建筑，声音，夏天当中久住

成为时河的断面

光阴整洁，你将去的地方

比青春，要稍远一些

你比时间具体

# 孤独的钻木者

年轻，是一种时好时坏心情

总之并不算作明朗

在人世间行歌，消磨

脚印留拓成诗歌

第几个走这条路的人

身后会有读者

而尘世昏昏，暮色沉沉

在每一个不明不白的日子里

我也是个孤独的钻木者

靠想象未来，擦亮一点光

# 你毕业了

从合上的书本里
一个世界的大门打开了
时光开始变得惨烈
夏蝉鸣响，夜幕星光
可以喧闹的日子已经远去了
你必须沉默
比沉默还要沉默
沉默是最锋利的刀刃
你要在炼狱中杀出一条遂路
怒斥并且蔑视瘦惭的魂灵
在水火荆棘之中捶打己身
此去山水，滔滔岌岌
江湖是侠客的一个转身
不要做伤春悲秋的文人
你毕业了，世界开始——
准备生生受领
你这样一颗好胆

# 唱诗的人散场成为孤军


喝空了的酒瓶

许多人说爱的声音

依然飘遥在空中

时间，没有回应


好多个岁月慷慨的夜晚

我们在尘埃中高谈阔论

借着月光谈起关于诗歌

旅行，以及明天

像是一群唱诗的人

字字高声，句句不忿

唯有在谈起爱时

只敢轻轻


有一天，我们早早散场

和年轻的往事一样

自时代的酒馆离开

放下饮酒作乐

各自去宽容一切
譬如借着酒意提起的俗事
旗帜，笙歌，以及王座
唯独放不下生活

浮华散尽，酒局
并不热烈，和人生一样
尽兴，或是不尽兴
这座星球的酒馆终究闭门
我们带着满身酒气起身
天亮以后，你都必须成为
想成为，或不想成为的人，
于是你痛哭
大学时，我身后明明有千军叫阵
向着未来亮剑的，却是孤身一人

# 她的名字叫红

有一种心情
是每当念及她名
语气如祷告般轻

你的来去如同命运的旨意
怕祷声过急，你不来
怕祷声过慢，你会去

你是火山爆发的那一刹那
是无法顽抗的汹涌
你的名字叫红
红色的，也最匆促
岩浆的柔软，土地的灾难
失去的，永不再返

最终，退化成为一声细语：
我时常还能闻到你的味道
在某个空空的寂寥

## 请和我交谈

读博尔赫斯时
我最爱你
一些诗句破碎
一些你的样子很美

此时你应当邀约我
或者应我之约
我会将约请的信件
夹在一本饱满的诗集当中
倘若细读，愿你从缄默中读出
聂鲁达散落的笔触

请和我进行一次交谈
用诗歌，用吻，或者
用你看我的每一个眼神

请允许我触及你
如同黄昏消翳时群鸟飞离
而我倚在寂静的暮色中
在这里爱你

你比时间具体

## 你和我在河的两岸

在北地，风暖昼长

一想起你在南方

便觉河对岸吹来的风

心事重重

此刻我站在黄昏

阳光像落在河水上面的一个吻

石头里岁月鸣响，苔痕其上

刻的是宇宙中唯一动荡的情事

缄默，蜷缩，不开口的河

许多年前，有一个年轻人

在北上的大河尽头，拔剑四顾

用十几岁的年纪，作别娇媚的青山

从此，你和我在河的两岸

像一部古早的影片

名字叫《暖》

## 具体的情动

一张干净的面容

遮住我望眼的浮云

人说世界辽远

可年轻时

我偏爱这短浅的目视

从欲言又止的清晨出发

你像我尚未脱口而出的词语

不成诗

只记得一开始

具体的情动

比任何事物都要朦胧

## 爱在黎明破晓前

和你在整日的交谈后亲吻

风只言片语地掠过黄昏

喧嚣的城市，霎时俱静

世界凝重得有如一座斗兽场

在炽烈的喘息中

我们是彼此的猎物

只觉一生漫长得，有如一个瞬间

在长长短短的一支歌里

你擅长以沉默作答

而良宵如水，我是黑夜中

湿漉漉的人

## 我的意思是你

当我谈起我

即是谈起过去

我确定

人只存在于一个瞬息

那么现在呢

现在

让我们谈一谈未来

我的意思是

你

# 我爱你

我爱你，口吻寻常
在极短的一生中
这句话，最为漫长

我爱你，路途遥远
在发烫的面颊上走马
总是桃花上的情事
行，止，皆是落英

我爱你，静水流深
在生而愚笨的泥河
这句话，最为理智

我爱你，季节漫长
在时间的眼睛里
这句话，最为永恒
像一个漂泊的游子
重返故乡

## 诗歌和爱情

克制分行，克制语言的苍白与流俗

克制表达，克制爱

全宇宙的诗人，男人，女人，都隐忍

隐忍着对待诗歌，和爱情

一些美的事物，不敢美

抒情好似一桩低俗的罪孽

因此引发的摩擦，漫长，又无聊

过分深刻，未尝不是过分假

媚俗，又有伤一顶帽子的伟大

可是年轻人，事到如今

你再没有任何期待了，除了

诗歌和爱情

应该有下一次革命

## 不可更改的事实

不可更改的事实有很多种

有好几年的时间

在我完整的心碎当中

你是最难告别的

一如你最难相拥

# 查无此人的旧址

好想大哭一场
回想起我们
几乎是爱

大概因为你的裙摆
我记忆中的海是一片白
日子，时时有海浪的声音
生生不息

你像第一次拥吻的感觉
有一种无法描述的热烈
却始终无法续写

你从阴影中拾起我
又像推翻往事一样
推翻有可能的想象
于是流离失所
在查无此人的旧址
愿你好好爱别人
别爱往事

你比时间具体

爱只会偶尔来敲门

**辑三** 孤独是你长久的朋友

## 跋涉

你沾了一点笔墨

然而日子

如一只无力的马匹

写不成一首足够挺拔的诗

但好在人生漫长

即使无力

你，依然在路上

始终慌张

永远莽撞

你比时间具体

# 纸屑

走在街边

恍惚如一堆纸屑

骨瘦如柴的一生，打着旋

飞不高，飞不低，飞不远

在风，在漩涡的中心，绕圈

绕一圈，绕几遍，绕许多年

绕不出命运的一个喷嚏

与枯枝败叶，与塑料袋，与垃圾

争夺社会地位，争夺一次解脱

然后争夺一场引颈就戮的痛快

在被清扫进垃圾桶之前

他曾是一个青年撕碎的一首诗

如今学会了泪流满面

## 有计划地浪费一生

总要做点什么

比如有计划地浪费一生

比如在某个瞬间

只想亲吻，只为了相聚

或是欢乐饮酒

这折起来险仄的一生

无非努力生存，使之丰盛

这一生茫茫于野

假如没有爱，没有奢求

我便是一条无处可归的河流

## 迷人的风险

很多事情都来不及了
鸟早已飞往它的山
与你笑谈
也已是昨日的事情
而一个种满幻梦的人类
站在寡淡的生活中间
立在今日的危墙里面
依然等待人生有一场
迷人的风险

## 人生的汛期

有好几年的时间

谨守着一条漫长的河堤

处处都有泛滥之危

有时候是天灾

一场不可预期的变故

在当下无可战胜

蔑视苍生般地决堤而下

一些不可告人的伤痛

游离至我的花园隐居

像是被困在漫长的雨季

不知何时才能逃离

人生的汛期

# 区别的部分

站在难题之上，忍不住
回想上一个难题
如一只成年的盘羊
每一步都走得极其侥幸
就像我清楚自己有多好
也清楚自己有多糟
区别在于，我以哪一部分
在对抗人生

# 离辙

这样好的天气

我身体里却盛满了悲哀

阳光照向我

像是陷入泥泞的马车

风推我，你推我，众生推我

怨我借了佛的称谓

在尘世中不动如山

怨我如乞儿，自嘲入世修禅

狗咬，人厌，半生是唾面潺潺

并非刻意放大忧郁

反而在抱膝的灯影前

我对悲苦二字，一无所知

仅仅只是被坚冰的一角划伤

便有郁结在夜晚吟唱

人生离辙，分道南北

求不得圆满，最幸也仅是

喜忧参半

# 贫穷事

贫穷，让我胯下了身子
在坍塌之前
诗歌撑不起一个人类的脊梁
唯有骨头还在坚持
任由世事敲打，挤压
不肯碎，不肯低微

不敢想，一个人身体里
最坚硬的部分
有一天也在岌岌可危
它撑住了那么多的苦难
却撑不住小小的贫穷

贫穷
是人类最大的羞耻

## 最后一根稻草

是年纪，是账单，是爱
是不知如何是好的宇宙
是无处可以停泊的星球
只觉得迷失太久
人生处处都是我的
最后一根稻草

你比时间具体

# 深渊

实际上我从未逃出深渊

没有想象中从天而降的那个人

那条足够结实与长度的绳索

只是一片漆黑中

我身体里点起了危弱的灯

做好了长久的打算

毕竟深渊，之所以成为深渊

无非是因为脚下

正是人间

# 春天责备

深夜里，轻轻地责备

轻轻地念一念自己的名字

就足够使人心颤，悲酸

在大好的春天，不事耕种

亦非一株良种

叫不出名字的杂草啊

一生，也做不好一件事情

大把的光阴

都无谓地付与了性命

付与了活着

这件人生的赝品

## 细小的破碎

我又算得了什么呢
满月落在人间的辉
也俱是细小的破碎
一双眼拼凑的人间
随年岁时时在变
每个年纪悟出的人生
都作不得数
新的日子推翻旧的日子
新的我斩首旧的我
心有山水
而我满面尘灰
而我不完整，不美
我也是，细小的破碎

## 夜鸟飞来了

该如何向你讲述我往复的生活

白日茫茫，夜鸟啄食我的心脏

每日如果不去做点什么

一生如果不去发生点什么

我便没有任何果实

投喂我的良心，投喂人生这件事情

在不安，懊丧，深渊之间

我明白活着，就是虎口逃生


身体里，住了太多摇摆不定的事情

关于一生的疑问，只能请教一盏

不言不语的灯

在一切得到答案之前

请求它不要熄灭

伴我至人声鼎沸的清晨


这使我想起父亲扎的稻草人

为了让鸟飞走

为了保护丰收和果实

可我一无所获

一盏灯，所能做的

也就有限

除此之外，我只能求助诗歌

读诗时，才觉得身处这人间

不是一件让人难过的事

可吹灭读书灯，夜鸟就又飞来了

夜鸟，是一只从我身体里长出的怪物

在每一个失意的夜晚

啮噬我的愚蠢和悲苦

# 打理盆栽

办公室里有许多盆栽

有的新绿，有的焦黄

有的来自两川，有的出自湖广

因为习性使然，照料起来必然困难

保洁阿姨对他们厌烦至极

麻烦，脆弱，招摇不起来

风吹草动就落下一片叶子

那叶子如山

那山是被时间雕刻的我

来自无名，走向无声

每一步掉落都有粉身碎骨之危

你听那人间路漫漫闹哄哄遍地琐碎

却念孜孜急匆匆执问我是谁

我是时间退化的山脉

是办公室里的一株盆栽

有时新绿，有时焦黄

有时自以为，天下无双

# 赶车的人

在古代
他应该是车夫
职责是送东家远行
或是送一些货物
不高兴的时候
东家就会拿鞭子抽他
而他只能鞭马

在现代，还在上班的他
载着下班后的我
彼此不识彼此的沉默
在面目可憎的人间
你有没有像我看你一样
看着我

在古代
我应该是无用的书生
流水的苦闷
高兴的时候，诗文
不高兴的时候，人生

# 在人间

在人间，没有什么
我能做的工作

蜗牛把房子背在身上
骆驼把山背在身上
人间把苍天背在身上
而人类，什么都往身上背

不想工作，多希望在人间走着
就成一首诗，可是
就这么走着，活着
就是我在人间最沉重的工作

今年又是所剩不多
未来，还是空空的难测
台历上，什么事情都未发生
光景宛如昨

你比时间具体

在人间

如何评价一份工作

看他下班后，走向哪里

# 在每个清早

每个清早

身体里像是书写了整个宇宙

词语来自银河碎梦

人与人擦身的瞬间

有不自知的伟大

光阴里，必须即刻出发

只是生活难免

一路走一路掉落

坐上工作的简桌

我还是那个我

你比时间具体

## 素履之往

下班后，地铁飞驰向落日的深山
城市，河水，一一倒退
镜湖门前，衣领上的风尘与俗事
都暂且舍给来路
打开家门，每个夜晚就都是隐居
饮酒，煮面，风吹过窗前
灯火落在书页之上，铅字昏黄
一个人，活得像隐世隔绝
怡然之中，大把的时间都用来闲处
睡在安宁，醒在日出

# 独居的人

雨水琳琅，像来自东方

像一件瓷器，碎在我的身上

今日暮雨，我代替落日西行

趁时间没发觉，隐入黑夜

但是群星不来，月色不来

夏夜也早已诀别晚风

只有屋瓦和窗前

秋雨拍打，冷风呜哇

像是在和我说话

可一个独居的人，没有好心情

他不习惯跟自己以外的事物谈心

# 讨好型人格

其实是不太信奉神佛的

但遇上一座寺庙

也愿意进去拜一拜

虔诚得像一个信徒

我这样的人啊

人类都不敢得罪

更遑论神呢

总是担忧

会因此被记恨

被讨厌

于是那么迂回

于是那么疲惫

# 周末不出门

周末，我将成为宇宙之王

从一颗名为床的星球醒来

拖鞋是恰巧的航班

在客厅星系花掉所有时间

音响，手机，一本书

所有的电子设备

都在秋天的午后献媚

我在沙发柔软的王座里选美

而一支笔沙沙写下：

"不管多少平方米

一个人的屋子，总是像宇宙"

笔触是一个季节

叶子，簌簌落下

# 日子渺茫

夜晚的台灯下

我和一只苍蝇并存

周而复始地打转

是被命运厌烦或无视的存在

是无头的莽撞

流水的好时光

此刻的心情

已不同于二十岁

那时与我并存的

还是一缕灯下微尘

而相同的是

日子渺茫

我还依然向着光

## 抱歉我也在漂泊

今天下班后

发现沿途的叶子在落

萧瑟来时，他已无处可躲

城市中也容不下

几条像模像样的河流

可以带他去远方

以至于他慌不择路

落在了我的肩上

可是抱歉，我也在漂泊

我只能是一趟短途的夜车

并非我铁石心肠

我只是，积重难返

肩上再也增负不了

人间任何一点事物的

重量

# 雨落了下来

丢了工作，不哭

游荡于街头，不哭

失魂落魄，不哭

爱是一颗蒜头，不哭

不哭，不哭，只是不哭

除了孤独，只懂得不哭

飘飘荡荡，一天就走完了

一生，也是如此

注定的，错过最后一班车

注定的，狂风大作，雨

注定的，有小小的几颗

注定的，落

## 一朝入石塔，便是悬崖

心里有什么拔地而起的那一刻

没有预料，没有防备

爱是悬崖之上搭高塔

轰然倒塌后

还要向深渊坠落很久

像古时候

抱一抱拳

就后会无期

# 一瞬

你在春山，稍坐了片刻

离开后，眨眼成秋

叶子铺满了溪流

葡萄成了酒

爱人，你不再来

你不再来

一座山的台阶

还为你空着

一直到雪径无痕

空等成春溪

说起来爱过一瞬

却又好像

什么都没有发生

## 在这个季节

早晨醒来看到你，恍惚以为

又回到了春夏初接的日子

河水慢涨，落花竞放

那段寒枝惊鹊的时光

终于有了落脚之处

在这个季节

世事依然流水

爱人，我愿借你浮生

远山明净

# 蓄谋已久

在天气好的时候

突然想

随便去哪一间花店

或者去哪一春的枝头

取上一朵花

赶在我们年轻时去见你

我坦诚这是突如其来的念头

但打算说爱你这件事

蓄谋已久

# 一半的我

我时常觉得

自己是一颗坏掉的水果

有半颗长年累月地

遭受虫蚁的啃噬

风吹雨打的折磨

还有一部分被往事的枝叶遮挡

时时刻刻照不见一点阳光

你头戴花环来到我身边时

我费尽力气挪动身子

将坏的半颗隐藏

藏在不能被爱的风险当中

你可知，每当我说爱你时

我是一颗坏掉的水果

只敢给你，不曾坏掉的半颗

# 你像我写的一首诗

你像我写的一首诗

是慎重的表达

好像一个吻，是不可抑制的情动

是唯一至上的部分

此刻，你被朗读着

语句从唇齿之间流出

恍如一只走出困境的驯鹿，不可捕捉

也如我，人莫予毒

亲爱的来信，倘若要走进我的爱

请务必先走进我的孤独

别定义它，爱是流动的凝固

## 爱发生的即刻

爱人，请听一听我的短见
钟表的意义并非无尽的时间
而是秒针跳动的那一刻
很多事情就应当发生
并为即刻
你站在我面前的即刻
以及，爱发生的即刻

## 好似有爱情在发生

在寻常的人间，寻常的夜晚
你发来一条寻常的短信
问我要不要散步
在暖风已远的杭州
我们点点头，信步游走
彼时桂花不落，雨水不分
只记得那一晚，我们并肩漫步
好似有爱情在发生

# 误读

相遇这个章节的妙法之处

在于没有明确的注解

人们总在短暂的甜美

与长久的沉迷之后

才清醒地读出

不曾想你的出现

是来误我终身的

你比时间具体

# 每个夜晚

晚风蠢笨，星光无聊
这人世间的每个夜晚
我都用来定定地看着你
如同看着，时隐时现的谜

人间灯火，夜柳婆娑
在每个清冷的夜晚
你可知我每一句爱你
都沸腾如火

## 如释

我知一羽倦鸟将要飞尽黄昏

朝暮如河，南北而逝

在平静的七月

昨日的一切都归顺昨日

所以今天的吻

不敢太迟

你比时间具体

最好的诗歌
是热爱生活

**辑四**　偷诗歌的人

# 三十记

日向西落，月自东升

离别和相逢

都是遥远而不可触及的事物

我站在这片土地上

等待命运的主宰

站得不如一棵树牢固

活得不似一池水清浅

也不知一生这个词

从我身上草草了事

还需要多少个日子

# 我允许我成为任何人

只要宇宙还没有毁灭

我便有资格悠闲

只要纵情的事情多欢乐

我便会积极地去消极

只要我们还未开始

我便确定不会告终

只要正确有时也错

只要乏味也迷人

只要消遣够认真

只要我不被自己所困

亲爱的，好时光最易坏损

我允许我，成为任何人

## 故人风雨中

无论我身在何处

往事也能将我认出

世事风雨过后

我是我唯一的故人

许多年过去了

如今我只想变成一只

无关紧要的动物

一生都在疑惑

以及闲处

# 事到如今

事到如今
一切都平静了下来
湖面打翻的船只，沉入湖底
一些不可挽救的事情

叶子败落，好多个春天离我而去
一切不可留存的时光

风再起时，涟漪已是年轻人的事
一种不可再生的心情

事到如今
一切都平静了下来

只有
鱼，还在游来游去
游来游去

## 喜欢我现在的样子

有一天，我身体里的疼痛都已死尽

过去的经历，就像从未发生

一个人什么都没有做，就到了这般光景

不敢写岁月无情，毕竟

在好或坏的部分，没有得到任何偏待

普通得如一匹过时的麻布

揉搓，浆洗，一些鲜明的部分

——褪色，掉往不知何处

在黄昏中，我静静地坐着

什么都不去回想

往事，就倚靠在我身旁

# 旷野景别

我曾三次站在旷野之上
有一次平野苍黄，阔野疏风
风中是我年轻的惆怅
而轻飘飘的日子，将将走远

还有一次，野火流云，落日哀鸣
灰尘一般的鸟群掠过
其声呜咽，以至于
看什么都觉得悲切

如今，我站在旷野之上
世事流转着光阴
而我低头跋涉
是另一种风景

# 年轻过就死

我不再是一个

精神活跃的年轻人

或者说，我是个年轻人

却偏偏打不起精神

声音是首先退化的部分

比如脏话，愤懑，面红耳赤

这些都出现得，愈加稀少

其次是生物性的衰败

比如脱发，低微的骨头，松弛的皮肤

一些被称为病症的状态

爬满了我的身体

最后再回到精神的疲软

任何一点遭遇

都被放大成狼狈和不堪

只觉得，宇宙中的人和事

总是年轻过就死

# 这样一个下午

这些年的时光，甚至
不如一个下午美好

船行在海上，人走在途中
风在读季节的来信
鸟在枝头写诗
地上白狗，天上流云

我静静地发着呆
像山那样坐着
像草那样抬望
也像马
在藩篱之处久久逡巡

不如一棵被困住的树
一动不动的这些年
在不被看见的树影处
他于暗中奔走，不知疲倦

就好像这个下午

我用尽整日的时间

依然没有走出自己的方圆

可每一步，都极其缓慢

而坚实，用步子

量着日子


这些年的时光，甚至

不如一个下午美好


在这样一个下午

我没有任何妒忌与愤懑

也从未如此享受过，时间的流逝

我是一切流动的事物中

唯一静下来的部分


在这样一个下午

我藏起菩提，不具杀气

允许一切事情的发生

并且如其所是——

定局，或暂时

存在，或消失

你比时间具体

# 风居住的地方

以前我以为，风居住在旷野
居住在很远很远的边界
于是我的整个童年
都在飞驰中度过

直到有一天，我切切地感受到
风就居住在少年的肩上
打开门，正在款待我的青春
那是多么热烈如火的日子啊
任凭茫然，焦劳，蠢笨
任凭一切，如大河奔来
也不曾浇熄

而到了如今这样一个夜晚
我想起那些被风吹起的日子
是如何就这般被遗失
如今风，就居住在我的眼角
专心擦拭着几滴泪，毫无作为

## 灿烂千阳

阳光落在脸上

像对待草木，对待雪冬一样

对待一个瑟瑟就活的人

有那么一刻，我被这个宇宙

不分彼此地爱着

这是一个心事袅袅的季节

雾气从身体里弥漫开来

假使你有意轻嗅

应当是一株松木的气味

甜而稳妥，馥郁丰沛

# 笔下

夜里，开着窗试图写诗

静静看着月光，铺满整篇白纸

然后碎成几个句子

清风绕着我的笔尖

沙沙声，响遍整座城市

这沙沙声，如念一句咒语

捕捉了陈年往事

降住梨花三两枝

## 非昨

我坐在公园的一个长椅上
去年的樱花也这般落
只隔了一个昨日,樱花便重了些许
只隔了一点蹉跎,世事便使我衣裳轻薄
总之,落花是我沉重的事情

旧长椅,谈起他的几道疤痕
像谈起无关轻重的闲话
像是在解释
我是长椅沉重的事实

而我
而我只能坐着,如昨日这般坐着
而如这般坐着的,已不是昨日的我

你比时间具体

# 白时光

眼前一亮的景色

与我对谈的叶底黄鹂

吃醉酒的果实

在某个阶段，像是约好了一样

一起消失，离我远去


某个年纪发生的，一场雪崩

才醒觉冬寒料峭，衣裳轻薄

回望周遭，满目虚无

不知从哪条来路来

又应往哪段去处去


白，是空白的白

是功名不白，是等闲了白

像极了白本身

也不知是从米粒，烛火，日光

还是从何而来

忙在雪地里，撒野是春天的事
而春天，一个人只有一个春天
我的春天，还是很久以前的事
那时候景色很好
黄鹂藏在叶子底下
我与其谈笑
不知时光是把柔软的刀

# 停更

并非什么伟大的故事

只是从前的日子

不知不觉连载了很久

可是我的朋友

当你消失以后

又一本对我停更的故事

如鲠在喉

此刻你在续写什么

那些突然读起你的人

会不会从头读起

我们

# 坐山客

我坐在海边

也坐在黄昏里

坐在风结成的摇椅当中

此刻年纪，是非与成败

都无足轻重得如一句闲话

只需沉默着，不作答

我的心便也有如

坐在山中落子的闲客

是所有事物当中

最鲜明的那一颗

# 感叹号

年轻时你有那么多事情想问

以为答案就在眼前

常常是信笔走马，年少戴花

可有些话，多年后不忍卒读

毕竟从青春到如今，句句短促

于是在大好光阴的人间

年轻的尾句边缘

你做了一件事

把问号拉直

因为答案就在眼前

却是硬币翻飞时

你所预想的另外一面

# 结婚时

世界是吵闹的

我们不动声色地爱着彼此

如同一次逃亡

静谧而又幽远

在众多祸患没有察觉幸福即将发生时

挽手捧花，向祝福者借取爱与勇气

向一生这个深不见底的深渊泅游

如同诗歌夜潜海平线

将沉溺的灵魂救回人间

换上白色的礼服

我已不再害怕漫漫长路

十月，被你爱着时

阳光普照一切事物

日子甘甜，而又滚烫

你比时间具体

# 炉火与烟青

因为和你擦亮了一点火星

宇宙便没有不可焚烧之物

四季分明的景致

倒映桥与皎月的泉水

疼痛或欢乐的片刻

一切都添入了炉火之中

化作一生的炉灰

在新柴旧木的人间

爱是浪漫的消磨，是焚尽你我

我的爱人，请允许我们在烟囱下

成为落日小镇的居民

白云升起，季雨洒落

看事物渐渐衰朽，任陆地慢慢下沉

而我们罔顾一切地爱着

如烟青，袅袅娜娜

# 歌

不是河流，也不是蓝色的宇宙

在爱着你的每一个瞬间

我好像一把叫不出名字的乐器

拥抱，亲吻，摩挲

或是凝视彼此

每当我触及你时

我身体里，有软软的歌声

你比时间具体

# 我终将进入这个言辞闪烁的季节

其实早已做好了任何准备

与任何人辩论

爱，只是虚构

但我已模糊不清

在哪一个言辞闪烁的时节

你柔软而具体地站在我面前

一切事物都占据我的身体

就好像在某一个瞬间

我的心和你触碰了一下

果实就熟了

无人开口，爱是哑口无言

一次猝然的脸红，胜于所有雄辩

在万物明灭的瞬间

我看见你眼中我唯一的脸

# 春日来信

三月春和，处处都成为了景色

码头上停落着破旧的船只

河岸边的风含糊而欢愉

像是谁轻柔的话语，不肯说

谁是谁的乘客

此刻，我飘飘荡荡，飘飘荡荡

未来是一句迷途不可描述

唯一如天气般晴朗而明亮的是

我爱你，在我一无所有时

你令我拥有整个宇宙

身在人生的虚无处，我从未如此富足

以至于，我饱满而诚恳的心

有如一封来信，写着：

三月春和，爱之于我们是

天气好得让人想结婚

不愿是，河对岸的游魂

不愿你的船只空空

夜晚将至的码头，没有爱人歌唱

# 两个人

拥抱比亲吻踏实

浪漫不在远远的山

我们两个人

静静地坐在嘈杂的黄昏

依偎着，尘世清冷

不敢说是彼此的光

但只要我们爱着

就有足够的余温

那么我们走吧

就走在，暮雨纷纷

## 你使我想起永恒

有人爱完整的花

你不是

你使一株乏味的草木

温柔着结出果实

生离死别

在转眼即逝的季节里

你拥有甜美的果酱

拥有，永恒之意

# 早夏

晚风轻轻的街口

早夏涩涩，已有几分成熟

市井每如星火点点

铺散在黄昏和夜色之间

穿行时，必须清楚而肯定地传达

我如何爱你

不限于挽手，买花

或闲谈时，耳语情话

在路灯下停步

让影子抱住影子

一整夜，我们无所事事

用情饮酒

沿途走在早早的夏

很晚，都不愿回家

## 一生所爱

爱人，一生很短的
请短暂地，陪我待一会儿
除此之外，我再无多余的奢求
当然，如果你愿意待得更久一点
那请等等我，等我
和一朵莲花商量来世
好早点识得你的样子
莫误以为，你来得太迟

# 和爱人散步回家

街道向晚，清风呢喃
和爱人散步回家

从一站路灯，到遥远的另一站路灯
欢声鸣笛，笑语报站
四目相对时
许多事物在升起：宇宙，钟声，良辰
许多事物在落下：灰尘，缄默，布景

疲惫的两列春天火车
从滚烫的肺叶里
呼出白色的蒸汽
时长，略短于一次吻的呼吸

石阶上，月色斜斜铺洒下来
像是钢琴的黑白键
我们从上踩到下
再从下踩到上

一个好听的季节叮咚作响

爱人啊，我们又一次安全地穿越人间
蜗居在爱的牡蛎里面

# 不肯虚度

我们将人生，伤口，野望

慎重地赠给对方

然后互相照料

和互相舐舐伤口的动物不一样

和并蒂而开的花朵不一样

和两列漫长的火车铁轨也不一样

总之复杂，如万物天性的厮磨

总之简单，如自然本身般自然

那是爱，是我们搭建了一生的楼台

我们就此走进彼此的孤独

不能与你交汇的时间

都是虚度

# 给你

我的女孩，在足够狼狈的世界

愿你是一只永远轻盈的凤蚬蝶

每一滴泪，都只不过是路过草木时

无意沾染的露珠

我将用一个慎重的吻，与你交谈

你的羽毛，不该为谁而湿

你是一个孤独的年轻人，年轻的心事

是一生的热望，是没有尽头的宇宙

是不可定义的时间中，唯一可定义的恒久

能够指引你的，并非神灵，也并非罪孽

在被星光照拂的人间

向前走，风会帮你敛起衣袖

# 已使用过的时间（组诗）

## 转春

凛冬散尽
世事如春笋
可以尝鲜的转瞬

## 访夏

夏天来访时
一只西瓜里
响起了敲门声

## 冷秋

有一年秋天很冷
只觉得一事无成

所以爱不起来这个时节
眼中的一切
果实扶丧，秋叶殉葬


## 雪冬

日子比你想象中消散得快
已使用过的时间
春去霜雪来


## 春又来

绿色杀死了洁白
过程中
人类张灯结彩

# 春临

无论冬天如何

春天也来了

在时间里

一个步履匆匆的游客

来不及驻足

来不及惊心动魄

我们必将走入生活

时间不会等我

# 春生

春天的第一道响雷

是啤酒罐打开时

乍然又清脆的一声砰响

听见这道指令，屋外风急

屋内的秩序，却慢了下来

钟表消失，宇宙定格

花生豆跌落瓷盘，淅淅沥沥

啤酒花，升腾起一整个雨季

我潮湿的，日子，人间

落花生，落雨声

# 短春

心情只有这一天，是绿色的
绿色的假期，绿色的海
绿色的帐篷，绿色的民谣
绿色的，也就这一些了
客观上当然并非如此
只是，一天即将要结束了
你我也要分别，这使我主观上认定
春天，是如此短暂
而余味，则恰好相反

# 五月消亡而六月扶杖

一抬头，六月朝我扑面而来
可辨别的部分，是轻的风，重的账单
以及可直视的悲悯，不可直视的太阳
不可辨别的，是确确的恍惚，是恍惚的心情

在六月的怀抱里，五月正从我的怀抱中消亡
五月，是困难的，必须克制着这么讲
否则一旦完整地去描述
四月，一年，乃至一生，都是困难的
我不愿如此残忍，毕竟
日子就像是一只猫的爪子伸向了我
我所期待的，是它在一个清早踩上我的胸口
当然不可能总是温柔的部分
总有风险时常发生
锋利的爪子也足以留下一道血痕

可我只能如此期待着
带着六月的风险期待着
日子沉闷，而我是其中
快活的人

# 岁月来信

时间会有答案吗

为何信使从未出现

一只蝉率先为夏天发声

于是青蛙、流水、行人

日子里脚印浅薄

突然记起的一些事

当时，并非突然发生

但多是突然结束

回忆是一种旧情复燃

可惜过去锈迹斑斑

博物馆里没有生活

我要走上街头

与季节并肩而坐

一片叶子，拍了拍我

风中是岁月的来信

入场之后

时间的交响曲里

我听到了行人的脚步声

## 她夏了夏天

夏天就这样结束了
属于我们的
狼狈的收尾
已提前错笔了年轻
往后很多年的短夏
沿江东路没有变
我在夜深人静的码头
没有吻你
一直到今天

# 山河已秋

一个无所适从的夏天

又有意潜逃

我们继续撒网捕捞

继续一无所获

秋天于是迫不及待地

光临城市的黄昏

路过夜色中的叹息

以及每个早晨

与心爱的人分享早餐,度过夜晚

与秋天的风交情甚浅,相谈甚欢

我们继续撒网捕捞

继续一无所获

我们在季节里生活

而季节是一支短歌

短到一眨眼

就错过

## 属于你的远方

秋天的时候

命运选中了果实

你留成了叶子

但叶子也终会被土地

接回家乡

就像人与人

总是各有归宿

也有些叶子不愿回家

乘着河流游荡

幸福的是，在死之前

我们各有远方

## 姗姗

今年的冬天来得很迟
想是路不太好走
比往年，过于姗姗

今年的冬天晚来了很久
赶在大雪来临之前
接走了秋

今年的冬天终于开口
他说人间苦寒
你自去见春叩夏
天地若升堂开铡
我来画押

# 一片晴朗

你要倾听冬天

四季的故事都在这里结局

故人和故人之间

只余一片白雪茫茫

在雾气弥漫的尾奏中

我的心情依然照向

一片晴朗

你比时间具体

# 时节恋曲

春日献花

夏夜虫鸣

只有秋爱得腼腆

尚不曾开口

便是一场浩劫般的脸红

你说你终于心动

否则怎么一瞬间就老了

老在秋的怀中

风吹白发

大雪满冬

# 时间所剩无几

叶子弹响河流

快要结冰了

再奏一曲吧

时间所剩无几

小心砸冰的孩子

小心那些捕鱼人

无论他们是在解救春天

还是在通缉生灵

毕竟，那时你的使命

是扮演生活的本质

在日子里一声一声地

发出哀号

# 我们在人间过冬

冬

雪，夜

时间，惊眠

四季过，天地浅

动物蜷缩，草木冷落

山披上雪被，湖冻结湖水

万物哑口无言，沉默而又闭塞

一家人围炉而坐，日子摇摇如灯火

我们在这人间过冬，必须怀抱一点从容

# 没有时间冬眠

在入冬的某个时刻

好想愉悦地宣布

今年的工作已经完结

剩下的时间不用出门

甚至比睡鼠冬眠得更久

只做梦，不做其他事

可我是人，我是需要工作的人

没有冬眠的时间

天亮了就要出门

在风雪当中

走失

读诗时
才觉得深处这人间
不是一件令人
难过的事

# 邮递员

每一日的工作，都十分沉重
送信，送喜，送眼泪，送哀苦
送这世上，往往迟到的消息

有一回，是打工人的一封家书
写明归期，邮票，贴得刻不容缓
那一回我走了很远的路，漫天飞雪
给等信的人，捧来了一盆炉火
不知是打工人烧不尽
还是今年寄回的酬劳足够丰厚
一路苦寒，火，竟未曾熄灭

有一回，是女子的一封情书
路途遥远，我早早出发
一场翻山越岭的担负，使我几度停歇
你问一个人的思念有多重
背着信，我就像是一面镜子
镜中映着，脚下的群山

有一回，是少年的一封录取通知书
我没有过这种心情，但也听闻
少年的理想，不该久等
于是决意连夜赶路
长夜至暗，像是那年我赶考的日子
但好在沿途举着信，借着黑夜中
少年的光明

有一回，是他乡传来的一封讣告
本不该经由我手，但兴许故人不来
其余人，也未必识得老友
老人蹒跚着跪地，接过讣闻
如接过一片崩塌的苍天
他回屋细读，我不愿转身
这一次我等了很久
没有回信，也没有回音

每一日的工作，都万分沉重
送信，取信，一直到
这世上再无迟到的消息
一直到我下岗了，下岗在
一个没有信的时代

# 古南禅寺之行

初一和十五

奶奶总是去庙里

步行三四里路

过五六个村庄

一条河

去的时候，很重

带着攒了很久的

香火，油钱，悲苦

与心愿

回来的时候

她就轻了

轻得像古南禅寺之行

如一次彻底的新生

蜕去苦苦沉沦的

那一部分

## 清晨街角白描

昨夜的树，掉落了许多叶子
每一片上的旧时光
都脉络清晰

日出时，伤心已是昨夜的事
此刻，他必须打起精神
费力地摇晃树枝
借着一束光打扫
败亡后就沉重的落叶
尽管，这只是徒劳

一直到九点十分
在人潮涌动的街道
风会把所有的往事清扫

## 烧烤店暗藏诊所

烧烤店的老板经营着一家诊所
偶尔收容我的几个老友
药方，是年轻时就开好的
如今入口时
味道多了一些苦涩
但佐以酒精和往事入药
也足以缓解人生这膏肓的病情
而药效，从这片繁星
至那片天明
然后我们付完诊金
又忙着奔赴，人生的陷阱

你比时间具体

## 老人与海

海边晒盐的老人讲
眼泪的成分是水
无机盐，蛋白和酶
以及一点点心碎

在海边
人们走成一首诗

在海边
老人，行人，诗人

# 悲观主义者

落在植物上颜色最好看

落在水面上最自我

落在被子上最好闻

落在佛像上最神圣

你看，日落明明有很多选择

却偏偏落在了夜晚

在人间活了一整天

太阳也如此悲观

# 冷的人间

想要漫天的大雪
人们好走出家门
做一些缤纷的事情

比如在黄昏中，看积雪消融
于是白色和橘色破碎
以我为中心，众生支离
世事皆有一种不完美的美

比如踩青青的石板路
买棕色的栗子，酒色的风
买灵魂片刻的欢愉
不至于眉眼沉重

比如逃出城市的绿皮火车
带回久违的亲人
时速慢于心情，快过风景

比如在门前挂上灯笼

给雪色带来一次脸红

人们面带喜色，紧密地坐着

以日子挨着日子，宣告

在冷的人间，有滚烫的家园

# 一支 Vlog

孩子们卧在图书馆里
像是果壳中，一粒脆嫩的花生豆
窗外种种，都是宇宙的隐秘
他将去向人间，怀中只有温柔
不配宝剑

年轻人挤在地铁中
像是河流里，即将沉底的岩石
呼吸之间，吞吐着悲情的宇宙
他来自青山，却翻不越层楼

老人们坐在公园里
像是神像上，垂暮的眼睛
日落，时间，衰朽的一切
都将在这里告终，只有
孩子们不是，年轻人不是
他将逃出生命，什么也不打算带走

# 总有一切耗尽的一天

总有一切耗尽的一天
比如耗尽爱
恰似梨花落满青苔
如何招展，便如何垂败

总有一切耗尽的一天
比如耗尽黄昏
恰似一位离散的故人
走进黑夜

总有一切耗尽的一天
比如耗尽生命
恰似清风哄睡了爱情
夜色熄灭了晚星
人间依旧浮云，晓山青青

# 埋首人间

天地风马，芥草菩萨

万物生长的脉络

不比一条河绵远

有的转山，有的雨落

有的哪里也不去，什么也不做

就好像活着，仅仅是活着

岁月的青筋，山脉一样隆起

最好不要登至顶峰

怕你将人间瞧得太清

孤山之上，你说：

人间是孤寂的天堂，众生的疯响

# 在晚风中读诗

海风渐暖，吹过眼前这座城市

吹过不咸不淡的夜晚

吹过成群结队的郁郁寡欢

此刻月亮在夜里席地而坐

一整个城市，车水马龙的灯火

我们互相牵挂着，心事臃肿的人间

等冬雪路过所有的路

一转身死在春日迟迟的湖

靠一杯早夏的酒，捱到晚晚的秋

四季轮转，而我们依然

快活依然，悲痛依然，人类依然，自古依然

什么都无可更改

什么也都无需更改

破碎的人会彻夜相拥

将美好的青春献给彼此

将美好的夜晚献给彼此

今夜我们萍水相逢

在晚风中读诗

# 窗前

眼睛，我破旧的窗前

每日都有新的故事在上演

雨水悲欢，雾草离合

多少事都躲不过一句起起落落

我什么都做了

又好像什么都没有做

总之，一无所获

总之，一眨眼之间

树在枯黄人在变

## 行歌

倘若要与人谈起

我在这个城市的孤独

也许只需讲一讲

那年来时，我下了绿皮火车

却没有去处

好多事情也都已告一段落

我却依然还是

在做别人眼中

那个徒劳挣扎的人

又是好多年过去

很多事我都忘记了

现在我可以成为任何人

也可以过随便哪种日子

去随便哪种未来

只要我走着

花不敢不开

# 太阳照常升起

太阳出现了
一切都升了起来
大地上的跳蚤伸起懒腰
心情，是飞向宇宙的心情
人生并不是黑暗，而是早晨
一株绣球花不懂得汉语
只用身体比画着，时光肥大
暂别黑夜的，年轻的人
你不要成为悲伤的一部分
我深知流光易朽，如今也
再没有新鲜的生活
只是在清清冷冷的日子中
我举止平淡，语调依然
活着，就是绿水青山

# 我在人间寻常

黄昏亲吻城市

蚂蚁哄抢粮食

马齿徒增的一天，并非谦辞

长日消亡，夜欲浓妆

每一日提着败兴而归的行李

穿行在独自谢幕的街上

裹紧衣领，也不算一无所获

耳机里总有丰收

眼睛是最伟大的镜头

在深渊的河面

我是浅行的舟

航行在城市，街头

和宇宙

# 清欢

在清早走出夜的河流
喝一碗睡眼惺忪的粥
睁开眼，过尘土里打滚的一天
浮云过尽，日子没有什么可记录的
滋味，比清淡的粥更浅
就这么平淡，或认作清欢
不增不减，一去好多年

## 或者或者

像年轻时那样，见个面吧
去一个新的地方
山水是次要的，你在就好

或者，或者

像年轻时那样，告个别吧
去一个新的地方
山水是次要的，忘了你就好

你比时间具体

# 错轨

琴弦在跑调
桌子在变形
年轻的书本只是读一读
就老了
岁月自有不可承受之重
万物在其中
挣扎着错轨

# 捡字成诗（组诗）

## 长大

从小时候总是写错的笔画里
有一件事至今正确
长大这两个字，写起来
本就是天南地北

## 丑

花了三十年时间
观察人类的眼睛
有的是门缝，有的是垃圾桶
路过他人的目光时，切勿停留
那除了浅薄什么都没有
倘若只看表面部分
丑字，其实长得端端正正

## 人间

太阳推门而入

我只是站着
便成人间


## 自由

自由这两个字
其实四通八达
可你擅长困住自己
从未出发


## 困

在他人的言语里被圈禁
一根木头，昏昏沉沉
总觉得人生是无处可逃的陷阱


## 失

戴着枷锁的人
一无所有

# 月亮贼

这些年，月光来敲门时

我夜夜打开旧锁

邀请盗贼做客

他挑选的姿态甚重

不盗锦衣，不盗裂帛

只盗一些粗粝的往事

盗三两片，撑不住心事的叶子

露珠一般的掉落

轻巧的，便带走打磨成羽毛

陈列于万万颗星光

不眠人，以好梦来典当

而有些过重的事物

搬不走的，纠缠不休的

只好留待岁月切割

你比时间具体

# 他山

山在山上停望，目借着目光
脚边是脚步，与拦路的路
前方，是不曾涉足的前方
种种困境，如同生涩的密网
错落，苟合，缠住呼吸
身后是断崖，是身体里
一座宇宙崩塌后的遗迹
落石，如落叶般沉重
只能远远地望着，远处是码头
更远是海，是岛屿，白帆
最远是深蓝

# 那人穿过一场风雪

树叶灰黄，鸟也飞去了其它地方

我问不出来，他是否无恙

而这一时的念头

我也很快忘记

只记得有一天推开窗

一切又绿了起来

有些事，就好像从未发生过

就好像，只在倏忽之间

这使我想起

我每一个寂然的黑夜

中间有不被看见的，凛凛风雪

# 酒生

第一杯酒，是误饮
使宇宙，寄存了第一个隐秘
那时不知它来自江河，顺从于粮食
只关心，年纪轻轻，便学会守口如瓶
沉默的村庄，是唯一的知情者

第二杯酒，是欢畅
三两好友构成岁月莽莽，在灯火明明
那时年华无药，酒是鼎食
城市里酒瓶倒倾，有繁华的钟鸣
年轻人，酒里行舟，高歌击缶
满室皆寂，唯有时代，敢隐隐和鸣

第三杯酒，是喜
在新的房子，和新的人
争取一次脸红，如初见时那般隆重
我的身体被酒煮热，又反过来
像煮着一团火，大火烧着，烧我们

烧日渐美妙的日子，一直到烧出新的生命


第四杯酒，是丧

在爷爷的丧宴上饮不下一滴

一直到有天，在朝西的墓前，我朝东

洒下了几杯老酒

野草，抢先一饮而尽

过后才是爷爷耕种一生的这片土地

奉陪了一杯

爷爷曾说，其土厚德

应当是，如酒，如他，如我

如今，爷爷停下来了，我还在走

走在第五杯酒里


第五杯酒，在路上

## 因为轻盈的缘故

在大事发生的宇宙
总有小事坐在我的肩头
当我走在被时间辜负的转折中
你很难不原谅一切
允许我成为我，不为什么而闪烁
大自在也小悲观
日子是妙不可言的意兴索然
地球毁灭也只是宇宙涟漪
我大步向前，身后尽是
不值一提
在哪一本书里，你终于读到
已知的茫茫宇宙只有人类
你大可以放心施为
比如在晚饭后走出家门
在这颗星球的表面散步
倘若有亿亿光年之外的存在
远望我们，像是在夜色中跳舞
因为轻盈的缘故

# 镜子

在镜子里

有时候我能看到自己

有时候不能

这一点在年轻时

常常困扰着我

好像镜子的组成部分，是雾

是宇宙中具有干扰性的粒子

很多时候，星空更名副其实地

拥有镜子的别名

每次抬望，都稳妥地映照出

一个足够年轻的身影

身处于伟大的星群

你比时间具体

# 人类格外灿烂

星辰，四季，恒月耀阳

宇宙中有太多过份规矩的事物

一成不变地美着

其实，恒久即无意义

恒河沙数，宇宙万古

人类应是短暂而璀璨的变数

对应着，无尽孤独

# 性命山

山之大，够一万个我在山里打滚
也允许，四季里，树木毕生的呻吟
山不是死的，我知道，动物是山的脉搏
太阳下，雪投降成溪流
而所有生发的草木，都在提防
一个孩子，化身为刺客
每每出剑时，宇宙便不值一提
或者，山即宇宙

山之小，不够我的一次抬望
落日，落月，落雪，却落不下
我年轻时的一些小事
一个目光，就轻易满了起来
大概有些感伤，需要一整个宇宙来丈量
而山，已非宇宙

山之空，是因为赠我所有
不日，我也已准备好，以性命归还

杉木为棺，收敛一副枉生的皮囊
石立碑，刻一个名字，供人奠拜
可惜的是，这一生大概
没有什么值得告祭的往事
也保佑不了他们的未来
仅仅是一座空山，在空的宇宙
空得，像从未有

# 马梳

马垂着头颅

垂成草原上的一把短梳

在丰茂的春天，梳草，梳日子

梳大地绿色的皮肤

梳一些人们踩碎的伤痕

时间在马的梳漏里

静止了下来

在一匹马身上

我第一次看见了神灵

# 宇宙公园（外一首）

宇宙是一座巨大的公园
在他的时间刻度里
人类由生到死
都是长不大
而日日嬉皮的孩子
基于此，无论悲怆，或是沉默
以及人类的种种偏执
宇宙没有不可原谅之事


## 小行星

你应该在宇宙中拥有一处居所
某一颗小行星，或者
某条未名的星河
请珍视并细心打磨那把钥匙
一杯恰巧好梦的酒，一首诗
一句躲避不了的歌词，借着它

让想念去到该去的地方

一段归航在码头的往事

一场电影，或者是

什么都不想的一个小时

总之你需要偶尔

逃离这颗星球一次

让灵魂独居于浩瀚福祉

不惹俗世

# 日子扑面而来

日子里，你有你的

我有我的，同一种生活

不需要有太多新奇的活法

好好吃饭，给绿植浇水

给生命一些基本的养分

剩下的，让他自去活，活得昂藏

无论你将到访什么时节

记得出门走走，也记得按时归来

一切都走在如期当中

让风也如常，些许的忧虑

由时间来细细消磨

就是这样，任日子扑面而来

水在流，有人行舟

云也在蓝色的岁月中慢游

麦田里奔跑的家犬

群山上归栖的燕雀

人们带着疲惫和心满意足步入夜晚

我爱的人，如群星闪烁

就是这样，规律地生活着

睡去，醒来，和宇宙

保持同一种呼吸

# 连接号

在生卒年之间

连接号，是一个人的一生

一个人的一生

不是一本书，一个形容词

甚至不是一个字

连接号，从墓碑上看

有些深，有些像伤痕

但石匠若刻得浅显了些

未免太过写实

连接号，从明亮处想

又何尝不是一场粉饰

明明一生走得如此百转千回

刻碑时，却如此笔直

## 比虚无更虚无

羊了个羊玩了三天

没有通关

工作做了三年

没有改变

日子总是这样

就这样

以至于一生

反反复复

用一种虚无

填补另一种虚无

你比时间具体

# 修补桌角

买来几颗钉子，修补桌角

用一把冷硬的铁锤，狠狠砸几下

那钉子，就刺进伤痕，刺进血肉模糊的桌角

生活的经验教会我，必须得用这种方式

否则柔情可欺，像一个骗子

不甘心被骗时，骗子就毫无作用了

于是，只能如此，只能，如此

饮酒，喝茶，吃饭，招待朋友

除此之外，桌子上堆满了太多生活的物件

哪一桩都得稳稳当当，免得突然摔碎

碎成，一地鸡毛

如此说来，桌角，其实早就该修补的

只是我去了很多地方，买不来钉子

或是买来一场空，也以为

事情本不必如此，本不必

用一把冷硬的铁锤

狠狠砸，狠狠地砸，狠狠地砸很多下

一直到，坏掉的桌角，看起来不像是坏掉

只是生活需要，我必须如此

只是生活需要，修补桌角

只是生活需要

你比时间具体

# 我和世界的关系

我和世界的关系

只不过树上的一片叶子

只不过一次掉落

只不过是一种注定，不可更改

我思考，我甘愿的

是毋需犹疑的部分

阳光下，就绿

雨中，就清醒

夜幕着，就饮露

风时，就轻盈

垂暮后，就餐雪

死亡时，就飞舞

## 酒鬼与花匠

实际上你不能称我为酒鬼
每一朵黑夜里朽败的非花
都需要一位优雅的花匠
火一般烧得透彻
救他于黎明
醉里看清醒

# 发声

夜深的一个喷嚏之后

耳中是漫长的轰鸣

于是万籁无声

星群震动

年轻人

只要敢于发声

我也是宇宙之中

轩然的震耳欲聋

# 人字本就是分叉路口

喧嚣的城市中住久了
话就渐渐不说

你离我而去的时候
我开始被你所困

一无所成的日子
我嬉皮而摇滚

很多人开始结婚
不如我开始
找自己当爱人

剪不断理还乱的线团
认真考虑
可以织成毛衣来穿

活一生很辛苦吧

你比时间具体

不如就活好这个瞬间

我愿如此

我不愿如此

人

# 模拟死亡

通过入睡

人类模拟了无数次死亡

人生三万天

终点是最后的一次阖眼

而死亡将去的地方

是十万座梦

构建的天堂

## 爬山所思

光秃秃的山，视觉上

像一颗放大的石头

我在上面走

这个季节青草尽失

落日漆了红色

一些心情起起落落

仿佛识得一只木鱼的诞生

走一步，木鱼敲响

再走一步，已有佛经吟唱

袅袅声中万物寂静

只有众生在我眼底

从房子里面，升起炊烟

# 骂名

命运是无辜的

它已替我

背负了太多骂名

我以弱小的性命

禁锢了世间最强大的事物

命运在囚笼中

背负了我，每一次失败的罪刑

命运，一只替罪的羊

从无声响

一直到死亡来临

我才肯，将其释放

在我的坟前，一只羊

无辜地啃食青草

默不作响

## 南山见我悠然

人咬紧牙关的时候，世界往往嘈杂
总是这样，对命运投降，却和生活纠缠
时间的罅隙里，只有白驹而过

那么多的弯路都走过来了
你在闪躲什么
有些错误，是过后才正确的
不必急于去见南山的悠然

我要南山见我，见我跃马飞驰
亘古的山脉，匍匐成马踏的碎尸
世事于风中列座，而后一一退下
你不明白一个年轻人的胆气
如果我错了，那就继续错
过早的正确不过一只信鸽
他也是无数的迷途，才无可奈何的对了

南山啊南山，

这一生，何妨多转几个弯

在去往终点的路上

我不介意慢

在故乡的离弦上
却念有一趟
忠于年轻的远航

**辑六**　在故乡的离弦上

## 生死故乡

生病了以后
他看世界的目光
像是乡愁

那时我终于明白
关于生死
生，是死的故乡
死，是生的流放

只有死这件事
让我察觉爱一个人
可以长过他的一生

# 门前

故乡，总是待在南方的秋天
不肯随我，一起走远
我们就这么作别
在彼此，都还年岁尚浅
那时我年轻，它也年轻
风中有欲飞的鸟群
如今，檐上的乱瓦
古早的家，都已落满尘灰
我站在门前，却依旧隔了很远
而更远的是
有一天我老了，故乡
也就老了

# 从停滞的方言开始

用到方言的机会

已经不多了

除了长途电话，呓语

谈及家乡时，他人的好奇

用途也就仅仅是这些

这使我渐渐明白

年轻人的远方

从停滞的方言开始

向着来路回望

方言，比一个省，一个市，一个地名

更像是我的故乡

往后的每一步

都是陌生的语境

一个念头

开口成诗歌和宇宙

众生低微的骨头

碾过神的一只右手

# 白云孤飞

宇宙，远方，永恒的未知之旅

我来自村庄，来自东方

骨头中富有亚细亚的山水，四季，与矿藏

心情多是流离失所，白云孤飞

关于森林中的两条路，先哲留下指引

出发即是正确

好多个夏天，我们行在海中

是游子，是牧民，也是君王

只有在冬天，我调整心情，重返故乡

## 两种建筑物

年轻人离开以后
村子里就只剩下了，两种建筑物
——房子，和老人

经历了多年风雨后
样式都不再时新
唯一牢固而挺拔的
只剩下低微的骨头

有一天，年轻人推倒老房子
在废墟之上，重新建筑
而老人们，推倒了自己
在废墟之上，建筑我们

一直到，年轻人也终于老去
在乡土里的中国
在飘摇的人世

# 与故乡一刀两断

年轻人

与故乡一刀两断

断痕处，是学业，工作，婚姻

人潮涌动的这个世纪

一刀接着一刀

如难以断割的流水

但两者之间

也就此满是裂痕

水一般的故乡

在起风的日子里

泛起浮萍

荷衣难想

年轻人已在岸上

# 在安庆江边独坐

在安庆江边独坐
前头是长江
后头是迎江寺

江上的船只已经不多了
片帆，百千浪，刻舟的剑痕
不似父亲偶尔谈起的，当年盛景
行人，货物，光阴，依旧不停
只是改乘了，网线，高铁，时代
唯有无人打捞的一些散碎事，和历史
还在遵循着铁则，随江河
缓缓流着

寺里的信徒已经很少了
游客，景区工作人员，几只野猫
光阴里，草是唯一的信徒
是的，奋力活着的，总归会信着些什么
可是我问：菩萨面前长跪不起的年轻人，求什么？

如是我闻：什么都求，什么也都不求

求与这个世界无瓜葛，

求放过，不求死，也不求活

求做草木，做一只野狗，不开悟


在安庆江边独坐

前头是声响

后头，还是声响

## 故乡微缩

人，住在房中

房子，建在稻田里

稻田，放牧在村庄

村庄，拼凑成一个省的形状

省，安居于国家

国家，在宇宙的中心

当视线拉得越远越长

我越是能分辨得出

哪里是故乡

故乡，就蜗居在人的身体里

人，住在房中

## 客居随河

火车驶过了淮河，凛冬
长亭更短亭
火车换了汽车
在向着家乡最后的短途车上
我已是一个长路迢迢的人
那年李白也是这样走在风雪之中
只在某句诗中休息片刻
一匹驮起乡愁的马
啃食他乡的青草，故土遥遥
日色昏黄，风雪夜归乡
那一年，只是向着故乡转了一转身
从此落叶随河，归身似客

# 太阳，玩具和故乡

只花了二十年
我在窗前发呆的焦点，村溪
已变作城郊的山

落日挤在高楼的缝隙中
再也不是一粒，圆滚滚的珠子
从故乡的远山，滚下来
滚过故乡的河水
滚过田野，再滚到我的脚边
被我小小的年纪，被童年
一脚踩扁

一想到太阳曾是我的玩具
太阳，竟再也不是我的玩具

我的祖先，一切在变
城市建立在村庄之上
文明始于蛮荒

我的故土，高山依旧在
河流依然流
现代文明什么都改
唯独不改乡音

我的孩子，在乡愁的背面
我是我，你是你
在这片铜黄色的土地上
父亲坐在他父亲的肩膀
而父亲的肩膀上，我将你高高举起
你拥有更好的太阳，玩具和故乡

## 朴素的诗歌

诚言，母亲老了
但仍然是我们家的少女
永远像是翩翩穿裙
永远是时光里不改的初心

好好吃饭
是妈妈教会我最浪漫的事
好好生活
是妈妈赐给我最好的诗

可关于妈妈这两个字
世间没有任何一首
分量同等的诗

你比时间具体

# 生活要她无所不能

出生时，医生说我是妈妈的劫难

长大后，妈妈却说我是她的后福

妈妈，好像总是有抚慰人心的力量

有时是扭转悲喜的一句话

有时是热酒热菜的日常

使步步紧逼的岁月

也安定了下来

一生之中无论有多大的灾厄来袭

仿佛都可以在她这里止息

# 活着与思考

妈妈常说

日子就像是煮一碗汤

应该是热气腾腾的模样

从光阴里拾起柴火

听日子毕毕剥剥

活着，响着


只是有些人

注定是生给苦难的玩物

要懂得如何挣脱

如何于生活中步行

活着，响着


这个勤于劳动的人

并未疏于思考

# 光阴谣

光阴里，一个勤于劳作的女人
命运却称其为苦难的妇女
这是我极其反对的
人类面对生活的面孔
本质上皆是劳动
我不愿愧疚而虚假地
面对母亲这重身份
或者任何沉重的，物化的，脸谱的
我都将极其反对
妈妈，就是妈妈
不因悲苦，不因伟大

## 母亲的受难

我的母亲，一个女人

一生被解剖了三次

一次是从眼睛，心脏，灵魂

剖开一处，可以存放爱情的地方

那时她天真，以为爱只能存取于伤痕

一次是从迷失域

用肉身化作玄牝之门

解救出一个孩子

还有一次

是从女儿，母亲，妻子，纺织工人等

身份之外，解构出自我

# 父亲肩上的我

起初是一朵铃铛
骑在父亲的肩上
年轻的衣领
如枪

后来是一块石头
压在父亲的肩上
疲惫的衣裳
泛黄

最后是一颗月亮
照在父亲的肩上
远远地，远远地
隔在远远乡

# 如山

父亲这一生

足足吃掉了半部史书的苦难

想必，生前，死后

无人为他歌功颂德

儿子谈起他时

除了眼泪轻轻地往下掉

做不出任何有分量的事

而他谈起儿子

仿佛谈着，空下的半部历史

是那些苦难被吞咽后

满是成就的事

# 离家的年轻人

父亲，祖国已经春天了
往后的日子，请不要问起我的志向
夜幕如水，面对伟大的星群
我感到羞耻

这些年远在他乡
不敢看，故居门前的河水
有我一滴挫败的眼泪
面对大河，我的愿望落空
当年离家的年轻人，如今
已是败逃的孤犬

你用一生描绘的故土难离
我依旧不懂，毕竟
我的一生，是故土难回
在代沟之上，你我都身不由己

父亲，祖国已经春天了

当年离家的年轻人，如今
要再次远行了，只是不再年轻

父亲，父亲
你的孩子已乘船离岸
棹歌，已不是当年你教我的那首
是我从他处学会的，生活的降书

你比时间具体

# 秋喃

橘子黄，添衣裳

爷爷在电话里，突然这么讲

像是日子里的一声秋喃

哀伤，却又柔软

不敢回看，怕幼橘念老

瓣瓣是酸

挂掉电话，推开近窗

看故乡依然，隔着月光那么长

只是今夜，秋风送来果橘香

满满一箩筐

# 被收割

爷爷在秋风中病了
老得经不起任何一点风波
他的一个老友，前几天去世
我扶着他去灵堂前拜了拜
像是写一封，绝笔的书信

正西方坐着一个说书先生
鼓点频频，敲进了人心
反复用方言，唱着一段词
说人世间的命数
是时候，就到时候了

几天后，爷爷和我谈起
种下的几亩黄豆
病了以后，一直无人去收
如今也老得，经不起一点风波
早早就等待着，被收割

你比时间具体

· 232 ·

# 梁木下的一把大火

他像是一截没有搭稳的梁木
多年来，靠着挺立的站姿，和一口气
撑住了几檐青瓦
他在身上，努力漆了个福字
自己，却一生没有受用

在福字的下面，生儿育女
借酒消愁，不善言说
一生大都是眉头紧皱

起初坏掉的就是那个福字
咳嗽，生病，煮药
生活里的十万座烽火
渐起浓烟
把福字熏得乌黑

直到一把大火
烧出福字后面的
铁骨铮铮

# 死的归处

爷爷一辈子，没有走出过老家

秋天带他在合肥看病

离家 212 公里，他说

这是他到过离家最远的地方

也离死最近

检查结果出来前

我把他背回了宾馆

独自回医院，等候医生的判决

那个夜晚，宇宙至暗

爷爷的一滴泪

冲垮了十万座大山

在人间彻夜的轰鸣中

我听清了

他临睡前不停呢喃

叮嘱我买一早的车票

求他的孙子

带他赶回家

再死

# 阴暗中

有一天深夜

被爷爷的咳嗽声惊醒

我走出病房

去楼梯间抽烟

每一口，都在对抗沉重

楼上传来有人抽泣的声音

听起来十分克制

但眼泪一颗颗摔碎在栏杆上

比哭声悲壮

有人讲了很长时间的电话

四处借钱

还有人就住在楼梯间

偶尔对着墙壁虔诚祷告

就好像，神也住在楼道

眼看着我们，站在阴暗中

无处可逃

# 一生是长久地忍受生命

就守在爷爷的身边

守在他，一生最后的战场

陪伴一场咬着牙的战事

天，月，年，一生

在不确定的时间中

我清楚，溃败已是定局

然而在随时会轰然崩塌的堡垒上

旗帜依然飘扬

像我见过的蔓草驼风

身子骨吱呀作响

一生是，长久地忍受生命

短暂地享受死亡

# 酸与甜的时光

老家的屋前，曾经种了一棵桃树

一株板栗，两棵松

屋后还有一株银杏

后来爷爷将他们砍成柴烧

被我念叨了许久

想了想后，他又在池边

种了一树橘子

九月份回家时，果实饱满

一口下去全是生涩的酸

日子流转得快

今天爷爷咽气的时候

听不得屋里撕心裂肺的哭声

一个人走到池边，看橘子已黄了一片

剥了一颗塞进嘴里，味道很甜

# 服丧

十月，爷爷的丧事被商议妥当

姑姑们在灵堂前号啕大哭

我的父亲，不言一语

也不掉一滴泪

这些柔软的江河，早已被

寂然的黑夜，吵闹的病房，大额的账单

提前透支，浑身只剩下

冷硬的骨头，铁石的心肠，活着的胆量

在最悲痛之处，不带一声哭喊

为生活二字，继续服丧

# 水火之中

人间，性命和雨水

殡仪馆，火化与眼泪

最早的一声蹄响

最后的一张火床

生，水火之中

亡，水火之中

## 疲惫的黄昏

一生就只有短短的一瞬间啊
想想，就使人心颤
来不及做很多事情
就势必老去，最终
成为他人的一声哭喊
像疲惫的黄昏一样
消散

# 风湿之症

像极了一种风湿
时隔多年以后
亲人离世的悲痛
已隐成了一种病症
生活没有什么变改
依旧是晴雨，冷暖
只活一些片段
只是在某些瞬间
像是梅雨绵绵
我有隐痛，未曾轻减

## 寡居的老人

爷爷走后，奶奶
几乎二十四小时看电视
也几乎，二十四小时不说话

我和父母，各自远在他乡
她的女儿外出打工
电视声，填补了我们
空掉的部分

一位寡居的老人
甚至不如一棵树
没有叽叽喳喳的鸟儿停落
怕落脚时，踩裂一截骨枝

日子里，风航走河船，又犁过青山
停驻在院落后，扫尽秋蝉
然后悲凉地吹落几片衰朽的叶子
吹过一世苦短，只觉得

人老了，风也惨惨
只剩电视机里的一张脸
认真着看，他人的热闹
与自己无关

## 写给孩子

"从一声啼哭开始，世界准备生生受领，我这样一个麻烦。"

在漫长的岁月里

童年只是一个断章

青春迷惘

于是成年以后

你打算另起一行

却发现已漫漶了几段

不可涂改的，潦草的字迹

时间，爱以及片段

芦花，河船

一个没了白马

一个过了青山

但此刻，你还在途中

风浪未熄，途中多是飘零

我不愿以我迷途的人生指引

飘零后，衰老而死亡

长日未尽

我愿你有智慧，过桥过山

愿你粮食满仓，好好吃饭

愿你有骄傲的姓名，谦卑的底色

愿你日子响亮

愿你不触痛往事，后会有期

愿你被想起，不被忘记

愿你典雅地死去，暴烈地活

愿你是这个世界，驯服不了的磊砢

# 始终慌张　永远莽撞

曹韵

　　三十岁的时候，一本书改变了我的一生，虽然这个年纪讲起一生这个词尚还为时过早，但我已经可以笃定地这么去陈述，这本书就是我的第一本诗歌集《偷诗歌的人》。当时的心境是总觉得世事如流水，什么都在无可挽回地消逝，青春、爱情、生命、遐想……诸如此类的事情，都寄存于不可挽回这个词上面，所以总是祈愿自己有幸在必然流逝的一切里偷得一点诗意。

　　很早以前我就明白，我的一生应该是写作的一生，和所有写作的人一样，出版应该是大家都摆脱不了的一份执念，我也同样如此。但很多年过去，也许是写得不够好，也许是命运没有照拂，总之出版的机会一直没有到来。我曾一腔热血四处求门告路，得到的却是许多大同小异的回复，有的如决绝的面试官，冷面拒绝，有的会以"我们不做诗歌""这个时代根本没人读诗""以后有机会再说"等客气话善意拒绝，日久岁长，像很多不得不放的事情一样，这份执念也被我渐渐不得不放，但是写作呢？依然是放不下，想了想，也许这个时代不需要诗歌了，但我需要。

　　就像我在《读赖内·马利亚·里尔克》里写的一样，

"愿我终生写诗 / 也终生不明白 / 什么是诗 / 只让写作这件事自然而然发生 / 这，意味这一切"。其实到了现在，对于写诗这件事，我也是不称职的，我无法告诉自己诗到底是什么，只是在日复一日的生活中，我总是觉得，读诗时，才觉得身处这人间，不是一件令人难过的事。而写诗，更多的时候对我而言是一种生活秩序，在工作大量占据了时间和精力的这些年，碎片的诗歌创作拯救了我难以为继的写作生涯，也治愈了我难以为继的颓丧人生。

因此，永远也忘不了陆萱找我的那一天。

2021 年 9 月 14 日，我在海边散步，她打来电话开口就问："你要不要出书啊？"熟悉的语气却像极了一个骗子，那一瞬间我有点不确定："今天不是愚人节吧？你骗不到我的。"但可怕的是，骗骗朋友就算行了，她连自己都骗，继续说："我给你做诗集啊，肯定会卖得不错。"我问她原因，她就不讲理地表示："我做的肯定会卖得好……"可爱，更可怕。然后整整一个月过去，就没有任何消息，我发消息问她，只得到按计划行事的指示，于是我开始整理书稿。很久以后聊起来这段往事，才知道其实并没有她说得那么容易那么轻松，阻力依然是存在的，而且很大，并没有人会看好诗歌，或者说看好我，只是她一直默默在坚持。我比很多作者运气差，没有得到什么好机会，但比很多作者运气好，遇见了一个可爱也可怕的编辑，就这样，《偷诗歌的人》在她扫清了一切困难后，终于出版了。

后来也确实如她所说，有幸卖得还不错，为了这本书，陆萱想尽一切办法四处推荐我的诗集，而我多是沉默以对，在这两年的时间里，她时不时分享一个链接，因为谁喜欢，谁推荐了而高兴，因为谁不喜欢而气个半死，但总体来说，开心是更多的。而出版后，我的心情却十分复杂，有多年执念得平的茫然，也有深夜独自的窃喜，更多的是慌张。除了在青春这件事情上，我很久没有体会到这种慌张了，但这也确实与青春有关，那段时间翻开自己的书，总担心它太年轻生涩，还不够好，而事实也确实如此。由于那些年并没有想过出版的事情，所以很多东西都是为自己而写，极其不负责任，后来看到许多人的评论，有喜欢的，有不喜欢的，那一瞬间才突然意识到，原来出版后，一本书就不仅仅关乎作者自己，和读者也有了奇妙的关系，写作可以不负责任，但出版是要的。

于是《你比时间具体》便一拖再拖，虽然早已写好，却始终不知道该如何面对所有人，好在陆萱愿意给我更多的时间。如今三年时间过去，再回看《偷诗歌的人》，对于十几二十岁的那种年轻，更多的是否定，但最多的是回不去的怀念，于是我无数次庆幸自己依然在写作，因为重读时，我仿佛就看到了那个年轻的自己，那时我什么都没有，只有无尽的慌张和莽撞，最终它给了我勇气，让《你比时间具体》和大家见面，一是时隔多年，自我审视已有一些微小的进步，二是希望自己像年轻时一样始终慌张，但也永远莽撞。

在整理书稿时，恰好处于人生回望的阶段，于是便集结成了《你比时间具体》，从童年、青春、三十、感情、世间、故乡到最后经历亲人的死亡和孩子的新生，似乎一生大部分应该发生的事情，在三十多岁的年纪里就已经完整发生了，在当下这个时刻，并不清楚未来还会有怎样的故事可以期待，但好在终于和过去的自我和解，现在我可以成为任何人，也可以过随便哪种日子，去随便哪种未来，只要我走着，花不敢不开。

我总是觉得，一本书，有时是一面特殊的镜子，供你在某些片段看到自己。有时又是一个摆件，就静静地待在你的书架、书桌或是枕边。有时又是一个时空之门，打开的瞬间助你短暂地脱离现实。不知道读到这里的你，正在经历什么样的故事？想着阅读这件事情而言，也许你就坐在我的旁边吧，我们对谈，我们映照彼此，我们是遥望的相识，这是写作者最不可言喻的时刻，所以也希望这本书有幸成为那一本。

最后，要感谢的人很多，我决定当面说，而无法当面的读者朋友，希望你对人生二字保持慌张，但也永远莽撞，从各种意义上借来勇气，获得一切。想要给的祝福，我写在最后一页，如果距离依然遥远，或许我们可以从相识这个词开始，留下我的微信：caoyun633，感谢你的陪伴，并见证我的点滴进步和改变，我们有机会见。

写于青岛

二〇二四年三月十二日

写在人生
第三十三座春

致读者：

这是我人生暂时的终章
却是我们相识的序言
就在这里告别吧
再没有更多了
我们故事已经结束
而我期许的是
愿你有更值得书写的一生
愿我们读诗写诗
做时间的情人